U0114694

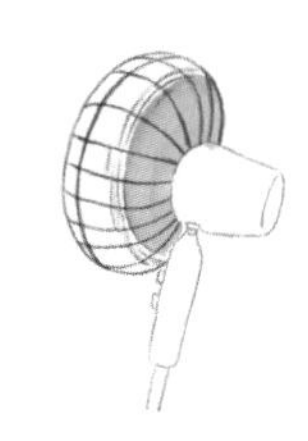

系列：快樂普通話繪本（Let’s Learn Putonghua Picture Book）

書名：四季

著者：周蜻蜓

繪者：劉瑤

策劃 / 責任編輯：張艷玲

書籍設計：鍾文君

出版：三聯書店（香港）有限公司
香港北角英皇道 499 號北角工業大廈 20 樓

發行：香港聯合書刊物流有限公司
香港新界大埔汀麗路 36 號中華商務印刷大廈 3 樓

印刷：中華商務彩色印刷有限公司
香港新界大埔汀麗路 36 號中華商務印刷大廈 14 樓

版次：2014 年 7 月香港第一版第一次印刷

規格：大 16 開（200 x 250mm）32 面

國際書號：978-962-04-3570-6

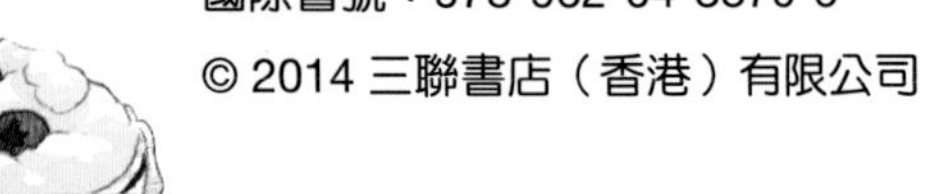

Let's Learn Putonghua Picture Book
快樂普通話繪本

四季

文 / 周蜻蜓　圖 / 劉瑤

JPC HK

wǒ xǐ huan chūn tiān chūn tiān hěn nuǎn huo dì
我喜歡春天，春天很暖和，地

mǎn le huā tiān shang de fēng zheng tè bié duō
滿了花，天上的風箏特別多。

mèi mei yě xǐ huan chūn tiān tā shuō
妹妹也喜歡春天，她說

wǒ de shēng rì zài chūn tiān
我的生日在春天！」

mā ma bù xǐ huan chūn tiān chūn
媽媽不喜歡春天，春

cháo shī yī fu hěn nán shài gān
潮濕，衣服很難曬乾。

wǒ xǐ huan xià tiān xià tiān hěn rè qù hǎi
我喜歡夏天，夏天很熱，去海

tài yáng　qù hǎi biān yóu yǒng　hǎo hǎo wán
太陽，去海邊游泳，好好玩！

gē ge yě xǐ huan xià tiān tā shuō zhè
哥哥也喜歡夏天，他說：「這

bīng qí lín hé xī guā zuì hǎo de shí hou
冰淇淋和西瓜最好的時候！」

bà ba bù xǐ huan xià tiān yī tiān xǐ
爸爸不喜歡夏天，一天洗

zǎo hē shuǐ tài duō yào cháng shàng cè suǒ
澡，喝水太多要常上廁所。

wǒ xǐ huan qiū tiān wǒ hé xiǎo gǒu
我喜歡秋天，我和小狗

yuán dì shang yǒu hěn duō huáng yè
園，地上有很多黃葉。

dì di yě xǐ huan qiū tiān qiū
弟弟也喜歡秋天，秋

liáng kuai kě yǐ chī hěn duō shuǐ guǒ
涼快，可以吃很多水果。

jiě jie bù xǐ huan qiū tiān qiū tiān hěn gān zào
姐姐不喜歡秋天，秋天很乾燥

shuō pí fū gān gān de bù shū fu

說：「皮膚乾乾的，不舒服！」

wǒ xǐ huan dōng tiān dōng tiān hěn lěng
我喜歡冬天，冬天很冷

ma huì gěi wǒ zhī máo yī
媽會給我織毛衣。

nǎi nai yě xǐ huan dōng tiān yīn wèi
奶奶也喜歡冬天，因為

ài chī huǒ guō wèi dào hǎo jí le
愛吃火鍋，味道好極了！

yé ye bù xǐ huan dōng tiān chuān hěn duō yī fu hái shì
爺爺不喜歡冬天，穿很多衣服，還是

lěng wǒ shuō yé ye zuò yùn dòng jiù bù lěng le
冷，我說：「爺爺，做運動就不冷了！」

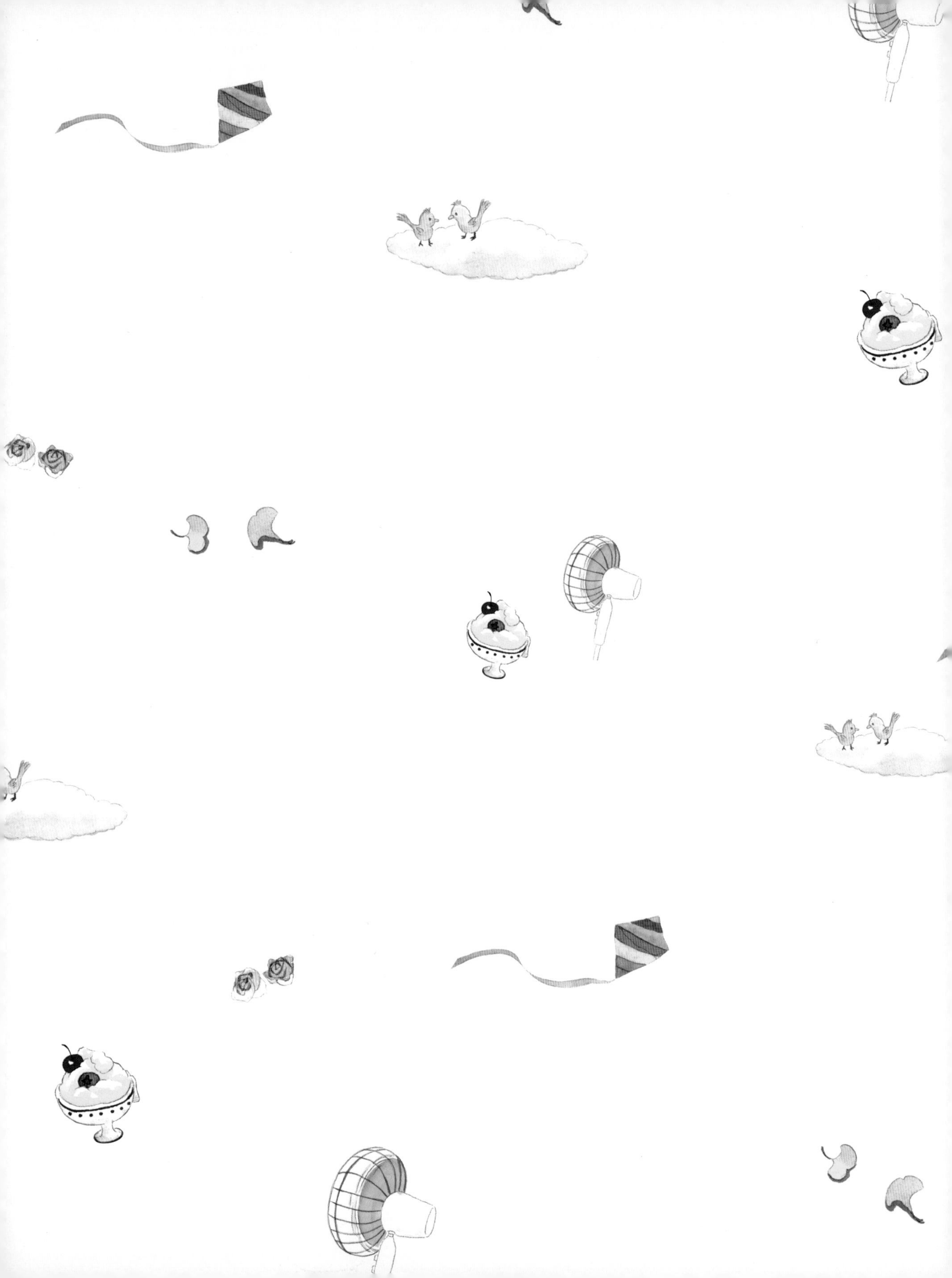